亲爱的鼠迷朋友
欢迎来到老鼠世界！

Geronimo Stilton

《鼠民公报》编辑部

版权合同登记号 14−2009−026

夺面双鼠 / (意) 杰罗尼摩·斯蒂顿著；刘勇，黄淑珊译.
-- 南昌：二十一世纪出版社集团，2016.9
（老鼠记者. 第二辑；19）
ISBN 978-7-5568-2133-4

Ⅰ . ①夺… Ⅱ . ①杰… ②刘… ③黄… Ⅲ . ①儿童文学 – 中篇小说 – 意大利 – 现代 Ⅳ . ① I546.84

中国版本图书馆 CIP 数据核字 (2016) 第 175016 号

夺面双鼠 [意]杰罗尼摩·斯蒂顿 著　刘　勇　黄淑珊　译

出　版　人	张秋林	开	本	820mm × 1250mm　1/32
总　策　划		印	张	4
责任编辑	闵　蓉	版	次	2016 年 9 月第 1 版
出版发行	二十一世纪出版社集团	印	次	2016 年 9 月第 1 次印刷
	（江西省南昌市子安路 75 号 330025 ）	印	数	1–50,000 册
	www.21cccc.com　cc21@163.net	书	号	ISBN 978-7-5568-2133-4
承　　印	江西华奥印务有限责任公司	定	价	16.00 元

赣版权登字 –04–2016–504

夺面双鼠

[意]杰罗尼摩·斯蒂顿/著

Geronimo Stilton

刘 勇 黄淑珊/译

二十一世纪出版社集团
21st Century Publishing Group

目 录

今天我挨揍了 / 9

都是奶酪惹的祸 / 11

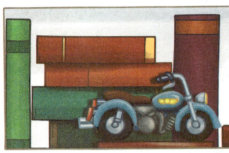

惊人内幕？ / 14

300千克巧克力软糖 / 16

马桶广告 / 20

看电视与读书 / 23

接二连三的事件 / 26

心理咨询 / 29

现场表演？ / 33

简直是双胞鼠 / 36

疯狂的演出现场 / 38

阴谋背后 / 46

捷足先登 / 50

无家可归的我 / 54

再见了，斯蒂顿先生！ / 58

菲设的小圈套 / 61

流浪鼠回家 / 63

杰罗尼摩，对不起！ / 67

反击策略 / 70

我的鼻子上长了痘痘吗？ / 75

丽鼠先生 / 77

复制莎莉·尖刻鼠 / 82

先生，您的账单！ / 85

我马上到，我说！！！ / 90

现在！立刻！马上！ / 92

这里由我做主！我说！ / 100

滚开，你这个骗子！ / 104

都是你的错，我说！！！ / 106

成吨重的稿件！ / 112

多爪鼠

奶酪质量检测中心经理

机灵·是非鼠

电视台记者

主持鼠

丽鼠先生

美容师

今天我挨揍了

先让我介绍我自己：我叫斯蒂顿，**杰罗尼摩·斯蒂顿**！

那天早上（像往常一样），我出门去办公室的时候……一位我从未见过的鼠女士（**我发誓！**）用雨伞狠狠地打我的头！

"你为什么打我？**搞不懂！**"我大声抗议道。

"真无耻！"她怒气冲冲地尖叫着，"年轻鼠，你忘记星期一早上在车站踩到我的**脚爪**了吗？你竟然没有向我道歉，真没礼貌！"

杰罗尼摩·斯蒂顿

她边走边喃喃自语："总算是把这小子教训了一顿！"

到底发生了什么事?我完全摸不着头脑！

莫—名—其—妙！

真没礼貌！

都是奶酪惹的祸

我直冲向**地铁站**。在售票处前我碰见一位朋友——多爪鼠。你认识他吗？

他是妙鼠城奶酪质量检测中心的经理。他对各种奶酪，无论是新鲜的或放久了的，都了如爪掌。**山羊奶酪度量尺**便是他的得意发明，令他闻名鼠界，鼠气非常旺！多爪鼠一看见我，就以一种受辱的口气对我说："厚颜无耻的杰罗尼摩！从没想到你能干出这样的事来！"

我看着他，百思不解："什么？什么？什么？请你原谅我，不过我真没弄明白……"

他**气呼呼地**说："没弄明白，是吗？你昨天

山羊奶酪度量尺

多爪鼠

晚上在**狼吞虎咽餐厅**说那些话的时候,说得再明白不过了!"

他继续气愤地说:"你为什么当着所有老鼠的面说我对奶酪一窍不通?你为什么坚持说我甚至连格娜帕达诺奶酪*和莫泽雷勒奶酪*也分不清? 你为什么以**奶酪品尝比赛**向我挑战?哼!还以为我们是朋友呢!不管怎样,我已经准备好了,随时接受你的挑战!"

我目瞪口呆:"**吱吱——**你究竟在说些什么呀?我甚至连**狼吞虎咽餐厅**在哪里都不

---

*格娜帕达诺(Grana Padano)奶酪:一种牛奶制的硬质奶酪,有白色坚硬的外皮,产于意大利北部地区。

*莫泽雷勒(Mozzarella)奶酪:一种意大利淡味奶酪,常用于烹饪中。

知道!"

他十分生气:"你还在拿我寻开心?你的意思是说我在撒谎?"

到底发生了什么事?我完全摸不着头脑!

莫—名—其—妙!

这时车进站了,鼠群熙熙攘攘,我和多爪鼠被冲散了。

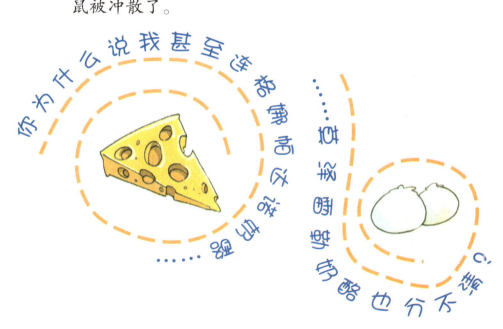

惊人内幕？

我走进编辑部办公室，惊魂未定。

我刚把门关上，电话铃响了。

我拿起电话筒吱吱地说："喂？ 我是斯蒂顿，**杰罗尼摩·斯蒂顿！**"

"斯蒂顿先生！"电话另一头传来熟悉的叫喊声。

机灵·是非鼠

不是别人，正是机灵·是非鼠，这家伙是妙鼠城里专门搬弄是非、散播流言的记者。

"我找的正是你。你要知道我们正在现场直播！"

"啊，什么？什么？什么？"我被

吓得说话都结结巴巴的。

他偷偷地笑起来，接着说："缩头乌龟！当初提出要接受采访的是你自己，现在又假装毫不知情！还记得你星期五打过电话给我吗？你说要向公众披露你私生活里鲜为人知的事，以及办报的内幕情报等等，还要求现场直播呢！好吧，我们洗耳恭听，请你一字不漏，和盘托出。亲爱的斯蒂顿，我们充满好奇！"

"我，嗯，不知道，我是说，吱吱，真的不想，我无可奉告……"

机灵·是非鼠穷追不舍："别害羞，你这家伙，告诉我们所有惊人的内幕吧！"

"对不起，我有一个重要的约会，我待会再打电话给你！"我撒了个谎，然后连忙放下电话。到底发生了什么事，我完全摸不着头脑！

莫—名—其—妙！

300千克巧克力软糖

电话又响了。

这次会是谁？莫—名—其—妙！

"喂，我是斯蒂顿，杰罗尼摩·斯蒂顿！"

"你好，我是托肥·软糖鼠。我正在路上，你要用礼盒包装，还是散装方便吃呢？"

我结结巴巴地说："什么？什么？什么？对不起，我不知道你在说什么！"

巧克力软糖屋

他厌烦地回答说："不是吧，昨天你到我的商店巧克力软糖屋订购了300千克呀！3，我是说，1、2、3的3！你没有改变主意吧？"

我说:"请问一下,300 千克什么啊?"

他生气了:"怎么回事,你失忆了吗?你订购了 300 千克的奶酪馅巧克力软糖,是**名厂出品的、印有生产年份的、有皇室品质和荣获至尊金牌的!** 我说的是 1948 年产的奶酪馅巧克力软糖,是上好的年份!你记得价钱的,对吗?每克 80 元! 我平常都是用我的精细天平仪按克出售。"

我感到一阵晕眩,"对不起,我从未订购过任何东西!甚至也不知道你的商店在哪里!"

他用嘲讽的口吻说:"是吗? 真不记得了?那你还记得昨天品尝 **巧克力软糖** 的店吧?你拼命吃,吃完还

托肥·软糖鼠

直舔胡子呢！不管怎样，我已经选好了 **1千克**
先给你送去，你可别抵赖。1千克！记住了吗？正
如我祖父精灵·软糖鼠常说的——

1千克

他们在钱要离爪的时候，记性都不好！

不要开玩笑了，准备好支票，我马上就到！"

　　这时我的秘书进来问我："斯蒂顿先生，碰
上麻烦事了吗？"

　　全部都不知道为什么……**莫—名—其—妙！**

　　我听到外面汽车喇叭"嘀嘀"声，托肥·软
糖鼠已经把奶酪馅巧克力软糖运来了！

到底发生了什么事?我完全摸不着头脑!

我的秘书递给我支票簿。

我心痛得直流眼泪,签了一张太多太多零的支票。

她吱吱地说:"当心,斯蒂顿先生,一滴眼泪掉到你的签名上了。"

托肥·软糖鼠一把抓过支票哼着说:"说得对!斯蒂顿,当心点,别弄脏了!要不然我可没法兑换现金……"

1000000000

我心痛得直流眼泪,签了一张太多太多零的支票。

莫—名—其—妙!

马桶广告

　　我出门散步，买了一份晚报。打开内页的时候，目光停留在一幅厕所用品的彩色广告上。我睁大了眼睛：

我看见的是自己的照片！

　　在广告里，我扶着一个马桶，露出非常满意的表情，就像买彩票中了大奖一样。我不安地细读广告里的文字："我叫斯蒂顿，杰罗尼摩·斯蒂顿！我是一个智慧的老鼠，优雅的老鼠，所以我只选最棒的东西。在我想给家中增添一份典雅气息的时候，我选择了**冲厕大师！**购买冲厕大师，自信者的高明选择……吱

吱,我以我的名誉发誓。告诉你们一个秘密:我的许多绝顶高明的主意,都是坐在马桶上想出来的……"

我抬起双眼,惊愕地发现整个妙鼠城铺天盖地都是这样的巨型彩色海报。上面有我的照片和标语:

冲厕大师
专为优雅的老鼠设计

到底发生了什么事?我完全摸不着头脑!

莫—名—其—妙!

看电视与读书

我直奔回家，感到越来越困惑。

一大群鼠民正在我家门前等候。"**他来了！就是他！**"我听见他们叫嚷。

我想溜走，可是来不及了！

一个记者把麦克风举到我的鼻子下面，"你是杰罗尼摩·斯蒂顿吗？"

"是的，我是斯蒂顿，**杰罗尼摩·斯蒂顿！**"我小心翼翼地回答。

"我是**第一电视台**的费克·撕碎鼠。你说读书浪费时间，看电视比读书好得多，**是真的吗？**"

我打断他的话："吱吱——真是胡说八道，

我想溜走，可是来不及了。

只有那些**无知、无能、没念过书、目不识丁、愚昧、迟钝的**老鼠才会说看电视胜过读书……"

"可是你前不久才说过这些话！看这儿！"费克·撕碎鼠像头公牛般咆哮着说。他在我鼻子前摇晃着一篇有插图的采访报道，上面竟然写着我说看电视胜过读书！

我气得眼睛里充满泪水。我刚走进屋里就接到电话，打电话的老鼠通知我说，由于"作为备受尊敬的出版商，行为失常"，我已经被**威望崇高**的**出版联合会**开除会籍了！

到底发生了什么事？我完全摸不着头脑！

接二连三的事件

我待在家里，心情沮丧。

听到电话录音机上的留言，我的心情更糟糕了。

第一则留言来自一个叫咕咕·香肠鼠的**夜总会歌手。**

咕咕·香肠鼠

"恭喜你，拍档，星期六晚上你在胆小猫夜总会**大出风头** 啊！你这个老滑头……忘了说，那天你向我借的 30 元什么时候还呢？喂，拍档……喂……下次要还啊！"

第二则留言来自鼠列斯伯爵，一个偶尔和我一起打高尔夫球的

势利 势利 势利
势利老鼠。

"斯蒂顿！我知道你在高尔夫球俱乐部用我的账户签单,宴请五十七个老鼠吃大餐。你等着收我的律师信吧！我强烈警告你别再去那家高尔夫球俱乐部……"

鼠列斯伯爵

之后是一位古玩收藏家的留言:"我是梵德鼠。感谢您的英明选择,买了我们的古董奶酪瓶。您真是个品位不凡的老鼠啊！嗯,您什么时候过来结账呢？我们信任您才把奶酪瓶交给您,这里谁不知道您的出版社呢,不过……"

梵德鼠

　　最后是我妹妹的一个朋友明妮·露媚打来的:"杰罗尼摩,昨天我在电影院看到你。为什么你不和我打招呼呀？为什么你假装没看见我?没想到你这么没教养……"

　　到底发生了什么事?我完全摸不着头脑!

莫——名——其——妙!

没想到你这么没教养……

明妮·露媚

心理咨询

菲·斯蒂顿

你还记得我妹妹菲·斯蒂顿吗？她是《鼠民公报》的特约记者。

我向她打电话求救。

"嗯，你好，是我。"

她咯咯地笑着说："啫喱*！我昨天下午看见你，你骑着摩托车停在红绿灯前。你走的时候还耍了个**前轮离地绝技！**我还不知道你会骑摩托车呢！"

我叹了口气说："我自己也不知道。我现在正要调查。菲，你得帮帮我！"

我把事情的始末讲给她听。

*啫喱：杰罗尼摩的昵称。

菲沉思了很久，说待会打电话给我。五分钟后，电话又响起来了："我已经替你安排好和**鼠图列斯·斯蒙教授**见面，他是一位有名的心理学教授。我们马上去见他！"

他(鼠图列斯)面无表情地打量着我。

之后他用十分专业的语调低沉地说："告诉我吧……讲给我听……"

他听完我的叙述，总结说："有趣的病例……很有意思……"

我焦虑不安地问："教授，到底是怎么回事？"

他把手爪握着放在肚子上，严肃地吱吱说："这像是**性格分裂症**……性格分裂……非常严重……非常严重……你不记得自己做过的事情……你做过的事情……你碰见过的老鼠……碰见过的老鼠……就像有**两个**杰罗尼摩·斯蒂

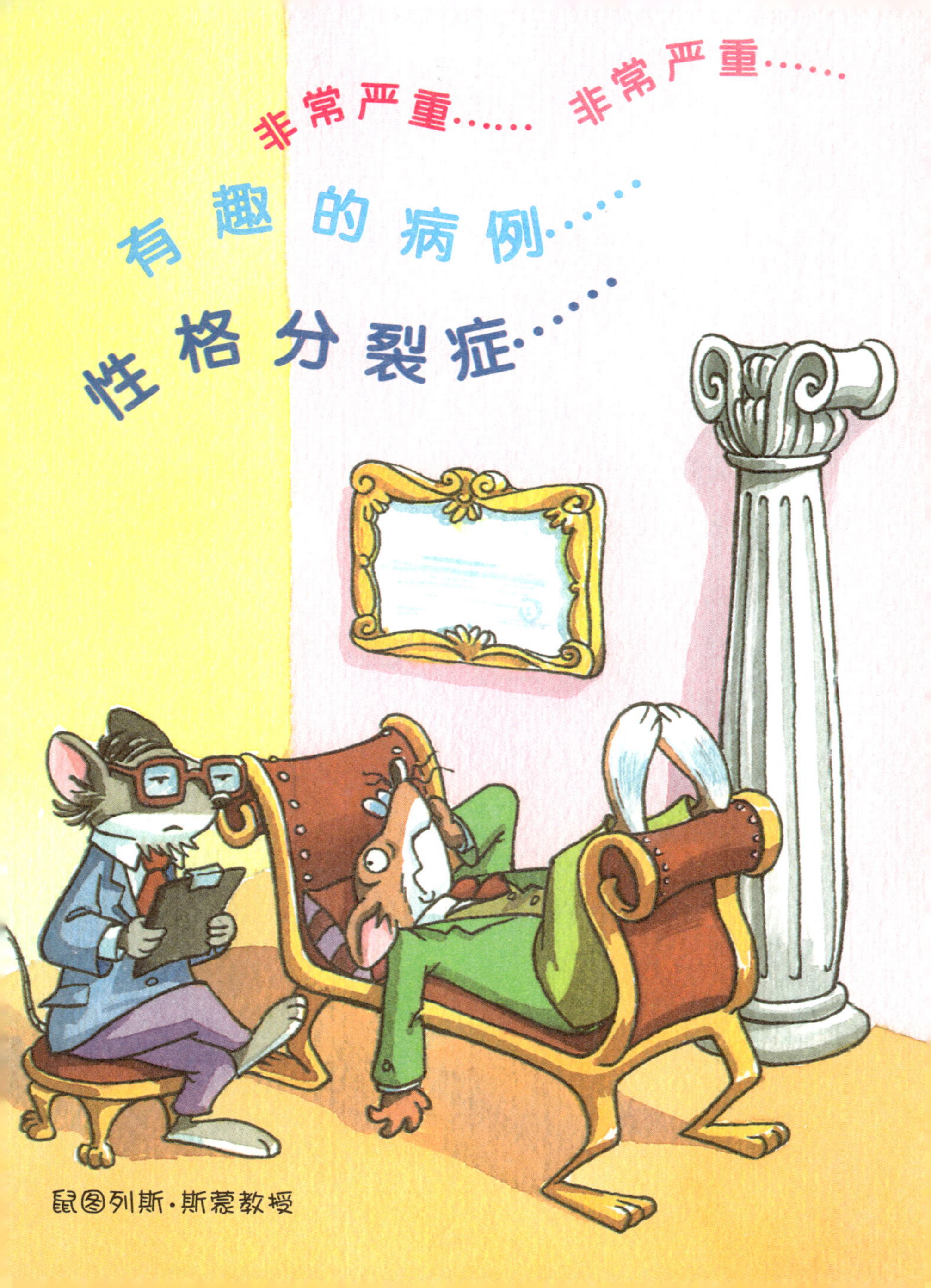
非常严重……
非常严重……
有趣的病例……
性格分裂症……
鼠图列斯·斯蒙教授

顿………**两个杰罗尼摩·斯蒂顿**………"

"教授,我的病能治好吗?"

他郑重其事地摇了摇头,"谁能说准……谁能说准……也许……也许……治疗几年……治疗几年……**谁知道呀?!**"

我走出这位心理学教授的办公室,**情绪低落。**

他也不知道如何解释,他可是专家……哎呀,我究竟怎么了?

你不记得自己做过的事情……

你做过的事情……

你碰见过的老鼠……

碰见过的老鼠……

现场表演？

"我病情严重！即使是斯蒙教授也这样认为！"我呻吟说，一边摇着耳朵。

我妹妹想让我振作点，可是我看出她也很忧心。

这时有一个人，我是说一个老鼠，向我们走过来。我从没有见过他。

"你是杰罗尼摩·斯蒂顿！你是他吗？你可以给我签名吗？送给我的小侄子。他跟我来观看今晚的 **表演**。你打算讲几个笑话？吱吱——我太喜欢听笑话了，尤其是

猫笑话!"

我大吃一惊:"对不起,**什么表演**?"

他指了指旁边的海报:"就是这个演出呀!"

我擦了擦眼睛仔细端详,又向海报靠近一些。真的是我的照片!海报上写着:

杰罗尼摩·斯蒂顿现场表演!

到底发生了什么事?我完全摸不着头脑!

莫—名—其—妙!

菲自言自语地说:"哥哥,我们也去看看表演。我倒要见识见识!"

杰罗尼摩·斯蒂顿

万勿错过！！！   现场表演！！！

今晚8点30分
糖浆馅饼剧院

杰罗尼摩倾情演出：
踢踏舞，桑巴舞，梅伦格舞，莎尔莎舞，
伦巴舞，恰恰舞，弗朗明戈舞。

演唱歌剧片段，吟唱绕舌歌，
朗诵戏剧独白，
以及讲几个搞笑的猫笑话。

万勿错过！！！   万勿错过！！！   万勿错过！！！

简直是双胞鼠

舞台灯光直到八点四十分才亮起来。

我听见鼓声隆隆作响。

主持鼠大声喊:"大家都认识妙鼠城最出色的出版商**杰罗尼摩·斯蒂顿吧**,请拍爪欢迎……"

观众纷纷拍手爪。

他继续说:"斯蒂顿先生不仅是一名受尊重的作家,而且是一位了不起的艺术家!"

请拍手爪!

主持鼠

掌声!掌声!掌声!掌声!掌声!掌声!掌声!掌声!掌声!

一片**掌声**，一片更热烈的**掌声**。

主持鼠说："即将出场的这位就是独一无二的、无与伦比的、世上唯一的**杰罗尼摩·斯蒂顿！**"

又是一轮掌声，还夹杂有几声喝倒彩，他们真是鼠胆包天！

光线渐渐暗下去，只留着一盏射灯，接着一个老鼠不知从哪里蹦出来，向观众鞠躬致意。

我震惊地望着他："那是我呀！！！"

我的意思是，那不是我，那是他……

我看看妹妹，她也是神情惊异。我听见她低声说："天哪，一模一样！简直是**双胞鼠！**"

他(脸皮真厚)对观众顽皮地笑笑，用手爪做出欢迎的手势，就像他认识在场的每一个老鼠，观众也像是在迎接一位好朋友。

疯狂的演出现场

观众反应很热烈,但我觉得他行为夸张。

我搞不懂他们看上他什么呢?

这位"另我"风度翩翩地摘下帽子,跳起踢踏舞来。

到底发生了什么事?我完全摸不着头脑!

莫——名——其——妙!

同时他用颤音唱起来:

你像梵提娜奶酪*一样香……

你就像莫泽雷勒奶酪一样软,

我像奶酪一样融化只为你思念,

你是我合意的俏丽鼠永不变!

 多么无聊的歌曲!他怎么能迷醉到以为大

---

* 梵提娜(Fontina)奶酪:一种产于意大利北部的半硬奶酪。

家会喜欢这首歌！不过看看观众，我不得不承认，他们的确喜欢，而且喜欢得不得了！

坐在我旁边的一位鼠女士歇斯底里地尖叫着："噢，这位斯蒂顿，他太浪漫了！多么棒的男人，我的意思是男鼠！"

我转向我妹妹想批评他时，才惊讶地发现她也在轻声地哼唱，还用手爪打着拍子！

那小子唱完后鞠个躬，挥帽致意。他的崇拜者——那些女鼠们——纷纷向他身上扔投梵提娜奶酪香味的黄玫瑰。他痴痴迷迷地拾起那些黄色的玫瑰，一枝一枝地嗅，然后把黄玫瑰贴在心口上。这举动引起女鼠观众一阵兴奋的尖叫。到

你像梵提娜奶酪一样香……

底发生了什么事？我完全摸不着头脑！

莫—名—其—妙！

重重的黄色布幕缓缓垂下，那家伙心满意足，笑嘻嘻地藏进布幕里去了。

几分钟后，他又走出来，穿上了（实际是脱剩了）一件可笑的、用香蕉缀挂而成的短裙，头上顶着一个菠萝做的帽子，他一边使劲地摇晃手里的沙球，一边放声大唱：

跟节拍，扭屁股！

热带林，扭屁股！

吃劲风，跳劲舞！

扭屁股……

到底发生了什么事？我完全摸不着头脑！

莫—名—其—妙！

接下来他表演桑巴、恰恰、莎尔莎和伦巴舞,卖弄他的舞技。观众的掌声响个不停!之后,他跳起狂热的恰恰舞,一边吼叫这样的调子:

一二三,恰恰恰!

卡特酪,恰恰恰!

切达酪,恰恰恰!

用力嚼,恰恰恰!

到底发生了什么事?我完全摸不着头脑!

莫—名—其—妙!

嗷啦啦啦!

和我长得一样的老鼠换了一套服装又回到舞台上,这次他皮毛上涂的油膏密不透风,嘴里咬着一枝红玫瑰。他飞快地走出几个弗朗明戈舞

11

步，对仰慕他的女鼠迷投以**火辣辣**的眼神，

唱起来：

> 我是一个浪漫鼠……
>
> 美味奶酪可舍弃，但爱情永远在我心……
>
> 噢啦！啦啦噢啦！

观众欢呼喝彩，仿佛他是最伟大的歌剧

之神。

到底发生了什么事?我完全摸不着头脑!

莫——名——其——妙!

他再次换装，穿一身鼠尾服 * 回到

台上，开始演唱歌剧片段：

> 我们在此相逢，你是
>
> 否会把我的名字记起……

到底发生了什么事?

我完全摸不着头脑!

*鼠尾服:人类世界有"燕尾服"，英
文是 Tuxedo, 是男士在隆重场合
穿的西式礼服。

莫—名—其—妙!

他又一次藏在布幕后面,出来之后唱起一段饶舌歌*:

你让我开心到发抖,
你闻起来好像香喷喷的奶酪,
你赐给我一条重生的生命,
有了你我万分高兴!

我完全惊呆了。然而,观众都如痴如醉地鼓掌! 他们甚至踩在椅子上跳舞!

他们一再要求他唱几遍,这场表演真是没完没了!

到底发生了什么事?我完全摸不着头脑!

莫—名—其—妙!

*饶舌歌(rap):起源于20世纪70年代美国纽约黑人区。

接着他拿着一大块格鲁耶尔奶酪* 走上台。

他以演员般的夸张表情使劲地嗅了一下奶酪,有如灵感迸发开始朗诵:

啃……

还是不啃?

这是个问题!

我原以为这次会嘘声四起,可是他却迎来一轮持续不断的掌声!

到底发生了什么事?我完全摸不着头脑!

莫—名—其—妙!

最后他扮成一个小丑出场,脸上涂满油彩,套着一个鲜红的樱桃形状的大鼻子,他讲了几个笑话。那些都是我以前听过的老套猫笑话,可是他竟然把观众逗得哈哈大笑,前仰后翻!

这是个问题!

* 格鲁耶尔(Gruyere)奶酪:格鲁耶尔是瑞士的城市,以生产大型圆盘状奶酪闻名。这种奶酪质地细腻,常用于烹饪中。

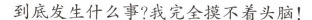

到底发生什么事?我完全摸不着头脑!

莫—名—其—妙!

哼!我正盼着表演结束和这个恶棍面对面较量一番!

菲和我设法来到后台演员化妆室附近等待。没过多久,我们见到他吹着口哨走出来。

我愤怒地走上去,大声质问他:"你竟敢冒充我!"

阴谋背后

他被惊吓得**吱吱**尖叫，沿着**漆黑的走廊**逃跑。

我紧追不舍，好不容易抓住他的尾巴，可是仍然让他溜掉了。

不过他丢下了一样东西……

那是一个全新的名牌钱包，我怀疑这也是用我的账户支付的。

菲尖叫道："让我们看看这个和你一模一样的老鼠到底是谁！"

她打开钱包，掏出一张驾驶执照，登记的名字叫**塔特列·馆卷鼠**，他是个演员。

"还有几封信呢，是莎莉·尖刻鼠写的。"

我跳了起来。

莎莉·尖刻鼠是**我的头号敌鼠**！

她经营着《**老鼠日报**》,是我的竞争对手！

到底发生了什么事？我完全摸不着头脑!

莫—名—其—妙!

老鼠日报

约克郡布丁街 14 号
13131 妙鼠城 (老鼠岛)

妙鼠城演艺鼠协会：

我需要一位长相与《鼠民公报》出版商杰罗尼摩·斯蒂顿一模一样的男演员。

如果他能惟妙惟肖地模仿那个鼠，酬金不是问题（当然不能过分）。请务必及时联系我……

现在！立刻！马上！我说！

莎莉·尖刻鼠

附：千万别告诉斯蒂顿

老鼠日报

约克郡布丁街 14 号
13131 妙鼠城（老鼠岛）

塔特列·馅卷鼠

我收到你的照片了。你看上去就像杰罗尼摩·斯蒂顿的翻版（我说，你这可怜的家伙）。如果你愿意照我的指示扮演那个弱智鼠（我是指斯蒂顿），多高的酬金我都会给你（当然不能过分）。

请务必告诉我……

现在！立刻！马上！我说！

莎莉·实刻鼠

捷足先登

我回到家,心绪不宁。

整个晚上我不得安宁,我梦见自己被强迫拉去唱歌。这对五音不全的我无疑是可怕的噩梦!

由于做噩梦,我睡晚了,比平时迟了一点起床。唉,我还不知道,这次延误把我害苦了!

兰基·摇摆鼠

我匆忙下楼,直冲向咖啡室——通常我在那里吃早餐。

老板兰基·摇摆鼠见到我很惊讶。他诡异地朝我眨眨眼睛,咕哝着:"斯蒂顿先生,你要再喝一杯泡沫咖啡 * 吗?"

"什么意思,再喝一杯?"我惊讶地问。但是,我上班已经晚了。不等他回答,我就跑出去买报纸。

"斯蒂顿先生,你**今天早上**已经买过报纸了!"报贩长舌鼠不解地说。

长舌鼠

"不可能,你弄错了,我刚刚才来。你一定是误认了老鼠。"我反驳说。

"不会的,是你,没错!毕竟我们认识二十几年了……"

我没工夫和他争辩,买了报纸,我就直冲办公室。

办公室的门被锁住了,我使劲敲门。菲打开

* 泡沫咖啡(Cappuccino):一种意大利咖啡。

门,她一见到我,就睁大双眼愤怒地尖叫说:"真无耻!你竟敢到这里来!我不准你进去,**真正的**杰罗尼摩·斯蒂顿已经在里面了!"

我目瞪口呆:"什么? 什么?什么?"她把我拒之门外。

我又敲门,说:"菲,求你开门,是我啊!"

她又一次打开门。"**骗子!**滚开!"

"是我啊,菲,我是你哥哥!你认不出我来了吗?"

她凑近我看,眼神流露出片刻的犹豫……不过她马上坚决地大叫起来:"我当然分得清你们谁才是真正的斯蒂顿!"

透过半开半掩的门,我看到坐在**我的**办公室里**我的**桌子后面的那个家伙……

就是他,我是说,那才是冒牌的杰罗尼摩·斯蒂顿!

当我的同事看见我的时候,开始激动地窃窃私语:"那就是斯蒂顿先生的替身演员,就是那个老鼠冒充他!"

我的秘书莎拉连连摇头:"吱吱,他一点儿也不像斯蒂顿先生!真正的斯蒂顿很容易看出来。正版的斯蒂顿,是那一位!"她一边说,一边指向坐在我的桌子后面的那个人,我是说那个老鼠。

听到这些,我妹妹再次把我拒之门外:

"快滚开!!!我不想再看到你这个骗子!"

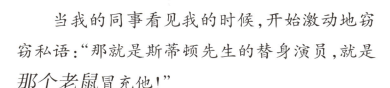

骗子

无家可归的我

我回到家,在开门的时候,我发现钥匙转不动,有老鼠已经把门锁换掉了。

我以猫木乃伊颤抖的胡子祈求!

"我现在该怎么办啊?"我惶恐地想。

我逐一打电话给我亲密的朋友。

不幸的是,菲已经警告大家,有这么一个人,我是说**一个老鼠**,在冒名顶替我。于是他们都"砰"地挂线不理睬我,以为我是他,是**另外**那个老鼠,是一个骗子!

我给表弟赖皮打电话,却听到他那神志不清的电话录音:"**尖叫出你的名字、电话号**

码、住址和打电话的原因，如果我突发奇想（只有这样），才会给你回电话。"

后来，我试着打电话给我上学的侄子本杰明，但是老师不许我跟他在电话里讲话。

我该怎么办？

我只好在自己家门附近藏匿，等着冒牌斯蒂顿现身。终于，大约晚上七点，我看见一辆黄色汽车（我的汽车）驶近。我要等的老鼠下车

了！他检查一下信箱（**我的**信箱），看看是否有邮件（**我的**邮件），然后从衣袋里拿出一串钥匙（**我的**钥匙）走向大门（**我的**大门），一边哼着小调。他打开门……这时我跳出来尖声喊叫："**你这个不要脸的冒牌鼠，快放开爪子！！！**放开爪子，不准碰我的房子，我的办公室，我的家人，我的朋友！"

我大声骂着："你这个**毒瘤！**"可是那个冒牌的家伙又从我的身边鬼鬼祟祟地溜走，重重地把我家的门关上了。

我两爪空空，呆在那里。

到底发生了什么事？我完全摸不着头脑！

莫——名——其——妙！

我又冷又沮丧，满脑子胡思乱想，只好在妙鼠城的大街上游荡，等待着黎明的曙光。

我在妙鼠城的大街上游荡。

再见了，斯蒂顿先生！

太阳终于露出了地平线，城市恢复了勃勃生机，道路上挤满了匆匆忙忙上班的老鼠。

只有我在唉声叹气，**极度悲伤。**

哎呀，我 没有 家，也 没有 工作。没有 亲人，没有 朋友……我 一无所有！

只剩下衣袋里的零钱，买顿早餐，还是买份报纸，我只能选择一样。

我只 犹豫 了一小会儿就作出了决定，当然是买报纸了。

刚刚走近报刊亭，我一眼瞥见所有报纸的头版刊出的 **大字标题：**

再见了，斯蒂顿先生！
莎莉·尖刻鼠入主《鼠民公报》！

我瞪大了眼睛，买下报纸细细阅读："昨夜，《鼠民公报》经营者兼出版商杰罗尼摩·斯蒂顿与莎莉·尖刻鼠签署了一份秘密合约，将其拥有的《鼠民公报》卖给他的竞争对手莎莉·尖刻鼠。显而易见，售价很低，实在很低，

斯蒂顿把他的《鼠民公报》卖掉了……

《**鼠民公报**》可以说是被赠送出去，而非卖出！这项突如其来的决定，惊动了所有老鼠。据说莎莉·尖刻鼠已经解雇了斯蒂顿的全部合作伙伴，包括公报的特约记者斯蒂顿的妹妹——

菲。莎莉表现得兴高采烈，并声称'多年来我一直在期待这个时刻——公报终于为我所有！为我独有！全部归我！我说！！！'"

莎莉·尖刻鼠

我终于醒悟了。莎莉从一开始就心怀鬼胎，把冒牌斯蒂顿推到我的位置上，就是想要得到我的报纸。我一时大怒，猛咬自己的尾巴。

哼，我得让她知道我斯蒂顿绝不是好惹的！！

我的　我的　我的　我的　我的　我的

菲设的小圈套

我跑到《鼠民公报》办公大楼，可是我注意到外面的招牌已经换成《老鼠日报》。莎莉连半秒都没有耽误！

我立即给妹妹打电话。

我刚说出："菲，是我呀！"

她就怒气冲冲地尖叫说："哪一个我？真的那个？还是假的那个？"

我叹口气说："菲，真的是我，我是你哥哥斯蒂顿，**杰罗尼摩·斯蒂顿！**"

她气呼呼地说："是吗？

那么好,我来考考你。还记得你五岁生日那天,玛嘉莲姑妈送给你的那只小毛鼠吗?它是什么颜色呢?"

我咯咯笑起来,回答说:"这是个小圈套,是吗?玛嘉莲姑妈从来没有给我什么小毛鼠,倒是给我一顶她亲自编织的黄色毛线帽子,**难看得要命,**上面还有两只猫耳朵。我最讨厌那顶帽子了!你和我,只有你和我知道这件事……"

小时候的菲

小时候的斯蒂顿

流浪鼠回家

菲宽慰地舒出一口气:"真的是你,你真的是我的哥哥!"

我问她:"我可以去你家吗?他换了我的门锁,逼得我在街头露宿了一宿。我需要洗澡,我累坏了,我也饿坏了……"

我来到菲的家,她的**公寓**有**高高的**天花板,上面有阁楼,阁楼用**透明的**树脂玻璃片制成,给老鼠一种**悬**在半空的感觉——我站在上面总是头晕目眩!

在**公寓**中央,种了一盆**很高的**热带植物。

菲的房子还有一个令鼠叹为观止的温室,那里栽种着她从世界各地搜集回来的奇花异

在公寓中央，种了一盆很高的热带植物。

草,甚至还有几棵食肉植物呢!

每一面墙的颜色各不相同:**樱桃鲜红、草莓粉红、苹果绿、洋李紫、柠檬黄**……空气总是芳香怡鼠,四处烛光点点,香柱冒起缕缕**青烟**,缭绕上升。每一件家具都是绝无仅有,由她的艺术家朋友为她专门设计的。墙上挂着许多后现代主义油画和菲的得意摄影作品的放大照。

对了,我刚刚说到哪里?

我一进门,菲就紧紧地抱住我,眼里满是泪水。然后,她带我到浴室去。

"我已经把浴缸加满热水, 还放了一些**奶酪味浴盐。**"她怜爱地说。

我全身浸泡在她那红色的浴缸里。

吱吱！真是令鼠身心舒畅！我就是喜欢奶酪的气味，不管什么奶酪！泡这样一次热水澡，哪个老鼠不高兴呢？

我穿上菲替我准备好的荧光绿色 T 恤，然后走进厨房。菲正为我做早餐呢！

如果她愿意，她可以非常温柔。

可惜她很少愿意……

杰罗尼摩，对不起！

菲为我做了一顿可口的早餐：香
喷喷的**奶酪炒蛋，**拌着一个梨和葛
更佐拉奶酪*。真是让老鼠直舔胡子的款待！

我津津有味地狼吞虎咽，菲在一旁看着
我，心疼地说："你真是饿坏了！"

我用餐巾擦了擦嘴巴，叹口气说："你不能
想象我吃的苦头。我在公园的长凳上过了一
夜，**冻得要死，**身上又没钱，早上连早餐也
没吃……"

菲两眼充满泪水。

"杰罗尼摩，我曾把你拒之门外，我真对不
起你。不过那个人，我是说**那个老鼠**，真的不露

---

* 葛更佐拉(Gorgonzola)奶酪：以意大利米兰市郊的葛更佐拉村命
名的上等奶酪，用白奶酪或羊乳制成。

菲在做奶酪炒蛋。

破绽，你懂吗？他太像你了！**一样的**毛色，**一样的**鼻子，**一样的**胡子……他讲话像你，**一模一样**的腔调，**一模一样**的表情！他的手势、走路的姿势都跟你毫无差别……甚至在担忧的时候，他还像你**一样**咬尾巴呢！"

反击策略

我安慰她说:"没关系,妹妹,不是你的错。我能理解,那个老鼠实在太像我了。不过我无法理解的是,他是如何模仿我的一举一动呢?他的骗术甚至瞒过一些非常熟悉我的老鼠,比如你!"

就在这时,我的小侄子本杰明进来了。

他跑向我,泪水盈盈。

"叔叔,杰罗尼摩叔叔!菲姑妈告诉我,有一个大坏蛋老鼠要抢走你的位置。她说那个老鼠长得非常像你……不过,我才不会把别人错认是你呢!亲爱的叔叔,我深深地爱着你,你知道吗?"

　　我紧紧地抱住他，说："当然知道，我亲爱的小侄子，可爱的小乖乖，我也是深深地爱着你啊！"

当然知道，我亲爱的小侄子，可爱的小乖乖，我也是深深地爱着你啊！

门铃又响了：这次是我的表弟赖皮。大家认识他吗？他在鼠窟里4号经营一家"**跛脚跳蚤杂货店**"。

他打断我们说："谁在这里矫揉造作啊？**这边我爱你，那边我爱你……**娘娘腔的废话！"他把一块山羊奶酪巧克力抛进嘴里，尖叫着说："不管怎样，真高兴见到你，表哥。他骗不了我的！你们听着，我立刻可以把你认出来！就凭你身上的……**恶臭**！嘻嘻嘻！"

平常听到这话，我会火冒三丈，而现在与亲鼠相聚让我高兴不已，也就

不和他计较了。

"我要请你们帮忙,夺回《**鼠民公报**》。我们得想出一个**方案**,一个**策略**……"

赖皮郑重地点头同意:"是的,我们需要一个**方糖**,一个**册子**……"

菲气恼地纠正他说:"是**方案,策略**!"

"对对,好吧,不管怎么说。那么我们该做些什么呢?那个人,我是说**那个老鼠**,一旦在家门口露面,我们就把他揍一顿,好不好?"

菲打断他的话:"不准使用暴力,赖皮,不能**蛮干**!"

"什么?不准**慢干**?"

接着他又说:"不管怎样,你们这些文化鼠谈论的所有事情我都明白。我认为,我们需要一个精明的主意,我们需要利用自己的**豆脑**!"

我叹气:"是**头脑**,不是**豆脑**!"

我开始自言自语:"**无赖!骗子!外表上**他和我一模一样!"

我摇了摇头,有点泄气,说:"他几乎把我**复制了!**"

过了一会儿,我听赖皮嘀咕说:"如果让我抓住那个**恶棍**,那个**骗子**……我会一脚把他踢出鼠城,他以后都不能演小丑了!"

突然,本杰明大声叫喊:

"我刚刚想到一个主意,

我们以牙还牙,

找一个长相酷似莎莉的老鼠吧!"

我的鼻子上长了痘痘吗？

我们齐声赞同，以其鼠之道还治其鼠之身，可是到哪里去找一个长得和莎莉一模一样的女老鼠呢？

"我们要快点去找，时间不多了！"我着急地说。

我发现菲在奇怪地盯着赖皮看。

她上下打量赖皮，像是在计算他的体重，一边低声说："嗯——尺码一样，我猜，充其量用大码的。皮毛，可以漂白嘛！指甲需要染

紫色指甲油，再加一点口红和假睫毛，加点化妆就可以化腐朽为神奇！"

赖皮尖叫起来："化妆！什么意思？为什么那样看我？是我的毛乱糟糟，我的胡子打了卷，还是我的鼻子上长了痘痘？"

"不。相反，你绝对完——美！"

"什么完美？"他不满地嘟囔着，满腹狐疑。

丽鼠先生

我们把赖皮拖到菲常去的美容店：

魅力牛角包美容中心。

大门上有金闪闪的题字：

美丽不是靠天赋，而是靠吃苦！

丽鼠先生热情地接待我们。

"噢，斯蒂顿小姐，见到您真好。您气色很好，十足的阳光宝贝！太让老鼠们**着迷**了！"

菲抚摸着毛发，很高兴的样子。

"丽鼠先生，真的吗？"

丽鼠先生

全体到这里集合，情况紧急。

他以低沉而亲密的声调问："我能为您效劳吗，亲爱的小姐？"

菲神秘地低声说："不是为我，是为了我亲戚……"

接着她对丽鼠先生耳语一番，并一边对赖皮指指点点。

五分钟后，赖皮被他们强行拖进一间小房间里。

丽鼠先生对他的雇员尖叫："全体到这儿集合！情况紧急！我们首先做一个三十分钟的面部紧致按摩，接下来敷山羊奶洁净面膜和玛斯卡波奶酪 * 保湿面膜，最后涂莫泽雷勒奶酪紧肤乳液！"

两个小时后，他得意地宣布："完成第一步骤！"

*玛斯卡波(Mascarpone)奶酪：一种新鲜、柔软的意大利奶酪，奶脂含量高，由牛奶加奶油制成。

随后他把赖皮安置在一张**柔软的**淡粉色天鹅绒扶手椅子上。

丽鼠先生尖叫："这么多的开叉毛啊!皮毛磨损得真厉害!一点儿光泽也没有!再瞧瞧这些皮毛屑!!!吓死老鼠啦!您用哪个牌子的护毛品?您应当爱惜自己的皮毛,知道吗?不该这样疏于保养!"

再瞧瞧这些皮毛屑!!!

　　赖皮一言不发。可是我看到他咬牙切齿的样子。

　　丽鼠向他提建议："首先，**烫一烫**毛发。接着用专门治理皮毛屑的**磨砂**洗毛液清洗皮毛，之后涂一包**滋养**毛发的奶油奶酪，再用葛更佐拉**乳清**漂洗……最后**剪**一个最时髦的发型！我会把您的毛染成白金色。您满意吗？"

　　赖皮抱怨地咕囔着："咕咕……"

咕咕……

咕咕……

咕咕……

咕咕……

咕咕……

咕咕……

复制莎莉·尖刻鼠

丽鼠先生尖叫着："现在可以为您化妆了！先得用小钳子拔掉你的眉毛，像这样……"

赖皮试图打断他："吱吱！痛死了！住手！别碰我的眉毛……**NO!**"

丽鼠先生责备他说："别乱动，让我继续做！我以奶酪发誓……"

他开始全神贯注地替赖皮化妆。期间，他不停地对照着莎莉的几张照片，以求惟妙惟肖。"嗯——让我想想，先好好涂层粉底，再扑一点胭脂，再上淡蓝色的眼影，还有假睫毛！涂一点**雷布尚＊玫瑰**唇膏（莎莉用的那种），尾巴抹上最棒的香粉！"

*雷布尚(Reblochon)：产于法国的萨伏依地区的软质奶酪。

接着他在赖皮的指甲上涂上紫色的指甲油。最后丽鼠先生在赖皮耳朵后面涂了点莎莉常用的香水——鼠奈儿 5 号。

之后，他请来眼镜师做了一副有色隐形眼镜，与莎莉的眼睛一样的冰蓝色。他又到莎莉常去的服装店，订做了几套同样的服装。

NO.5
鼠奈儿
巴黎香水

最后，他叫我们进来。

"来看吧！他是真正的宝贝，真的如假包换！大功告成！"

他自豪地尖叫。

我简直不敢相信自己的眼睛。

化妆前……

化妆后……

注意：

这个老鼠很像莎利·尖刻鼠，

但事实上他是……赖皮！

先生，您的账单！

赖皮从扶手椅上站起来。

他对着镜子看了看，咕哝着说："嗯——我真的像她吗？"

丽鼠先生尖叫："你真的像她，而且**更胜一筹**！你更富有魅力，**更娇媚动鼠**！"

赖皮歪着脑袋看他。

丽鼠先生把一张清香的、写有无数项账款的单据塞进我手爪里。

"**大功告成**！这是你的账单！"

"谢谢！"我随意地回答。可是当我凑近账单一看，差点儿昏过去。

我只好坐在那把粉红色扶手椅子里，以防自己瘫倒在地板上。

　　菲气鼓鼓地看我一眼："嘘——别丢我的脸！付账就是了，而且一定要付小费！"

　　我心痛得直掉眼泪，签了一张巨额支票。然后我们离开了美容中心。

　　我们刚刚出门就碰上一个穿着时髦的女鼠，她娇滴滴地说："噢，亲爱的莎莉！好久不见，出门疯狂购物吗？"

　　赖皮正要张嘴答话，菲马上替他说："噢，尖刻鼠小姐严重感冒，失了声，暂时不能说话！"

　　我们推着赖皮，我是说莎莉，不，我是说赖皮，挤进一辆出租车回家去。

　　晚上我们打开电视收看最新消息。

莎莉出现在荧幕上，她正在接受一位叫肯尼斯·敏锐鼠的记者的电视采访。

　　他问莎莉："嗯，尖刻鼠小姐，你成为老鼠岛最重要的出版商，请问有什么感受？"

　　莎莉像猫一样阴险地笑笑，然后用如雷般的声音咆哮说："**棒极了！我说！！！**"

肯尼斯继续问："尖刻鼠小姐，为什么斯蒂顿先生把他的报纸以这样低的价格出售，嗯，甚至说是贱卖呢？"

她恶毒地回答："因为我**精明，非常精明**！我懂得如何打理个人事务！**我说！！！**"

肯尼斯·敏锐鼠进一步问："依你看来，斯蒂顿先生现在会做些什么呢？"

她凝视着电视镜头放声大叫："无事可做，**我说！！！**没有斯蒂顿能干的事情！《**鼠民公报**》现在是只属于我一个老鼠的，**我说！！！**"

肯尼斯极不明智地问："为什么拥有《**鼠民公报**》对您如此重要？会不会是因为……嗯，公报的文化水准要比《**老鼠日报**》高一些？"

莎莉气得咬牙切齿，胡子扭卷起来，她朝肯尼斯吼叫着："真是大胆，你这个黄毛小子，竟然说**公报**比**日报**强！"

　　她揪住他的衬衫，野蛮地把他来回摇晃，"你的脑袋里装的是什么，猫粮吗？你这个讨厌的烂老鼠、下贱老鼠、愚蠢多嘴的家伙，看我一根一根地扯断你的胡子，把你的尾巴打上一千个结！"

　　肯尼斯的脸苍白如莫泽雷勒奶酪，他尖叫："**救命！**嗯，**第一电视台**现场报道到此为止！"

　　我看不下去，赶紧关掉电视说："无论如何，一定要夺回《**鼠民公报**》……"

肯尼斯·野锐鼠

我马上到，我说！！！

赖皮一整晚上都在研究莎莉的录像带，模仿她走路的姿势，他还连续几个小时模仿她的声音语气和口头禅。

第二天早上九点，我们动身去《**老鼠日报**》办公大楼。

菲把车停在入口处。

本杰明给莎莉打电话："您好，可以和尖刻鼠小姐说话吗？是莎莉·尖刻鼠小姐吗？"

"你好！"她回答，"谁啊，**我说？？ 我说？？？**"

"我是您的年轻崇拜者。

我想通知您，我们为您成立了一个**莎莉鼠迷俱乐部！**我们正在为您举办一个联欢会。听听您这些崇拜者的呼声吧！"

　　菲、赖皮和我齐声呼喊："**耶！**——

莎莉万岁！莎莉，万万岁！

莎莉，噢耶，噢耶，噢耶！

打倒斯蒂顿！

打倒杰罗尼摩·斯蒂顿！"

　　本杰明继续说："尖刻鼠小姐，我们就等您来和我们一同尽情狂欢！您会来吗？希望您不会让我们失望……我们会在剥皮大道 35 号等着您！"

　　莎莉心花怒放，回答说："我马上就到，**我说！！！我说！！！我说！！！**"

现在！立刻！马上！

几分钟后,我们看到她冲出了《**老鼠日报**》大楼。

当她奔向计程车时,一个神情腼腆的老鼠向她走去,咕哝着说:"嗨,早安,尖刻鼠小姐,很抱歉打扰您,我是米奇·校错鼠,您的校对员……我只是想提醒您,在过去的**十年零八个月**里,您一直承诺给我加薪……您知道我总是勤勤恳恳,忠于职守……从没有一天休假……噢,也许我有些鲁莽失礼……您知

道,我家里有很多个老鼠,要养五个小家伙,嗯,
以我现在的薪水不能……我真的没办法……"

　　莎莉无情地把他推开。

　　"嘘——滚开!像你这样的衰运鼠,不要来
烦我!我说,我**名声显赫,富甲一方,有权
有势,**我说,我甚至拥有自己的莎莉鼠迷俱乐
部!滚开!**现在!立刻!马上!我说!!!**"

米奇·校错鼠的
五个儿子

然后莎莉跳进出租车，脱身离开了。

可怜的米奇·校错鼠叹着气，拿出一张五个小鼠神情悲哀的照片，接着用外套袖子抹去眼泪，垂头丧气地回报社大楼去了。

我气得发疯，忍受不了莎莉如此欺凌弱小的老鼠。在《**鼠民公报**》报社，我的雇员待遇和这里有很大的差别……事实上，我没把他们当作雇员，而是**团队的成员**。

我们全体成员**齐心协力**出版妙鼠城最出色的报刊。

正当我陷入沉思的时候，赖皮咕哝着说：

"我去了……"

　　菲、本杰明和我低声对赖皮说:"我们一起去!

进猫口了,赖皮!"

　　"猫口!"赖皮向我眨眨眼。

　　他走进报社大楼。

　　快到楼梯的时候,他碰上了报社的主编齐普·无名鼠,他腋下夹着一沓稿件。

　　齐普·无名鼠小声说:"早安,尖刻鼠小姐! 这里是您要的稿件,您想今天下午审稿吗?"

　　我看见赖皮迟疑了一下。他行吗?我颤抖

起来……

接着我听见赖皮喊："不是今天下午……

现在！立刻！马上！我说！！！"

那个倒霉的家伙没有丝毫慌张（一定已习惯这种火爆的说话方式），他弯腰鞠躬，低声说："好的，尖刻鼠小姐，照您说的做！"

他悄悄地走开，倒真像一只老鼠。

赖皮转向我们，得意地眨了眨眼，仿佛在说："我做得怎么样？"

我们三个都松了口气。

然后赖皮，我是说莎莉，不，我是说赖皮！他坚定地朝莎莉的办公室走去，我们在后面紧紧跟着他。

进入《老鼠日报》办公室，首先注意到的就是所有莎莉的员工都是担惊受怕的样子。他们蹑手蹑脚地走动，仿佛办公室里危机四伏。

办公室的内部装修采用冷冰冰的高科技材料——玻璃与铝合金，索然无味，像一所医院而不是一家出版社。

莎莉的座右铭张贴得到处都是：

勤劳保饭碗！！！

莎莉·尖刻鼠

努力工作，勤奋工作！工作是一切！

莎莉·尖刻鼠

这是鼠吃鼠的斗争！
不准休息！

莎莉·尖刻鼠

这里由我做主！
听见我说没有！

莎莉·尖刻鼠

少说多做！

莎莉·尖刻鼠

我永远是对的！
我说！！

莎莉·尖刻鼠

消极怠工，小心挨揍！

莎莉·尖刻鼠

这里由我做主！我说！

赖皮环顾四周，不知所措。

他以前从未到过《**老鼠日报**》大楼，也不知道莎莉的办公室在哪里……接着他看到一扇金色大门，上面有金光闪闪的铭牌：

**莎莉·尖刻鼠
世界上最伟大的老鼠**

他大踏步走进去，我们在后面紧跟着他。

莎莉的办公室是一个雪白的大房间。

呜，看到这房间就已经觉得冷极了。

她的办公桌面是一块巨大的三角形玻璃，三只桌脚就像三只猫的爪子。

莎莉的办公桌面是块巨大的三角形玻璃。

赖皮坐进一张非常舒适的扶手椅子里。

他按着对讲机，向秘书尖声喊叫："*把杰罗尼摩·斯蒂顿的合约拿过来，谢谢……*"

对讲机另一头是短暂的沉默。我不禁发抖：赖皮为什么这样彬彬有礼呢？莎莉从来不说"谢谢"……

接下来是一位相当疑惑的老鼠问："尖刻鼠小姐……是您吗？"

赖皮马上意识到自己犯了一个错误，转而放声大叫："合约！斯蒂顿的合约！你的耳朵被奶酪塞住了吗？我要那份该死的合约！**现在！立刻！马上！我说！！！我说！！！我说！！！我说！！！**"

秘书放心地吁出一口气，结结巴巴地说："**噢哟**，是您呀，尖刻鼠小姐！我马上就到！"

半分钟后,夹着合约的文件夹被送到了莎莉的玻璃桌上。

我夺过来,长长地舒出一口气:里面正是《鼠民公报》的出售合约!

现在！立刻！马上！我说！！！

滚开，你这个骗子！

赖皮拿起电话筒，仍然模仿莎莉的声音对着入口的守门鼠大喊大叫：“多利·看门鼠，洗干净你的耳朵仔细听，我说！有个长相与我非常相似的老鼠仗着老鼠胆冒充我，**我说**！她快到了，**我说！！！**”

看门鼠结结巴巴地说：“嗯，我看见她向这边来了……是的，她到了！嗯，她的确很像您！真的，实在太像了！”

“很好！”赖皮扬扬得意地大叫，“告诉她，我才是正版，我才是真品，是唯一的、原装的**莎莉·尖刻鼠**！我已经在她的……我是说我的办公室里，我不要被打扰，**我说！！！**”

赖皮听到入口处传来吵嚷声，于是打开窗户向外张望。

莎莉正在恶狠狠地掌掴那个可怜的守门鼠，把他当成自家的**蹦蹦床**呢！现在又在咬他的尾巴，一根一根拔他的胡子……她真的是暴跳如雷！

她正把看门鼠当成自家的蹦蹦床呢！

多利·看门鼠

都是你的错，我说！！！

我们做的第一件事情是起草一份新合约，《**老鼠日报**》经营者需将《**鼠民公报**》全部归还杰罗尼摩·斯蒂顿。

然后，赖皮……我是说莎莉，我是说赖皮，请来**第一电视台**的记者召开新闻发布会，严正作出几点声明：

第一：《鼠民公报》归还其合法拥有者杰罗尼摩·斯蒂顿。

第二：《老鼠日报》设立一个献给杰罗尼摩·斯蒂顿的特别奖项——斯蒂顿奖，以奖励年轻的后起之秀。全部稿件交由杰罗尼摩·斯蒂顿本人审阅。

第三：《老鼠日报》承诺将其所有雇员薪金提高两倍，并支付他们在圣鼠岛享受一个极尽豪华的假期的所有费用。

记者们刚刚离开，赖皮就对秘书大喊："预定妙鼠城最昂贵的餐饮服务。我要让《**老鼠日报**》所有的雇员奢侈无度地大吃大喝！**现在！立刻！马上！我说！！！**"

秘书倒抽一口气，结结巴巴地说："尖刻鼠小姐，这会花您一大笔钱的。但……您总是告诉我们必须节俭度日！"

赖皮舔着胡子继续说："我要最可口的、最昂贵的奶酪……毕竟全都是莎莉，不，我付

款，**现在！立刻！马上！我说！！！**"

五分钟后，一张奇大无比的餐桌摆放在《**老鼠日报**》大楼的院子里，奶酪香喷喷的味道直钻鼻孔。

派对正要开始，突然我听到震动地面的嘈杂声，一辆坦克车向我们冲过来……

莎莉·尖刻鼠！

我们躲藏起来，莎莉从坦克车里钻出来，所有的记者一拥而上，问："尖刻鼠小姐，您为什么把《鼠民公报》归还给斯蒂顿呢？"

莎莉脸色变得苍白了，尖叫："归还？！"

其他老鼠在向她道谢："尖刻鼠小姐，您多么慷慨大方啊！如此款待大家，真是棒极了！"

她咆哮如雷："慷慨大方？！"

所有的记者说："谢谢您，尖刻鼠小姐！太感激您了！尖刻鼠小姐！"

她非常愤怒，声嘶力竭地大叫："谢谢？！"

员工们向莎莉挥手欢呼，说："是呀，谢谢加薪，谢谢放假，还有这次大餐……"

莎莉吼叫："加薪？！放假？！大餐？！"

这时，从坦克车顶盖里冒出一对熟悉的耳朵、眼睛和胡子，那个老鼠说："是我，我是塔特

列·馅卷鼠，我的意思是我就是冒牌的杰罗尼摩·斯蒂顿！"

莎莉恼羞成怒地把他压下去，她尖叫着："塔特列·馅卷鼠，这全都是你的错，**我说！！！**我早就说你一点儿都不像杰罗尼摩·斯蒂顿！**我说！！！我说！！！我说！！！**"

成吨重的稿件！

你想知道故事怎么结尾吗？

莎莉收回了她的报社，不过她不得不忠实履行赖皮签署的所有条款。

由《**老鼠日报**》赞助的**斯蒂顿奖**一直非常成功，我不断收到新的来稿。年轻作家真是太多啦！而且都是才华横溢的新秀！

他们会带着作品拜访我，对于他们的稚嫩、天真、热情和憧憬，我总是由衷地爱惜……

啊，年轻真好

我喜欢发掘作家新秀并给予他们发表作品的机会。

那天，一位叫**弗兰兹·鼠夫卡***的老鼠来拜访我。他是个大耳朵的男子，**我是说老鼠**，穿着黑衣，一脸忧郁……他写的书名叫《**变形记**》，说的是一个老鼠早上起床发现自己变成了一只甲壳虫！

后来，另一位年轻作家来拜访我，带着令老鼠敬畏的、厚厚的书稿。书名叫《**追忆逝去的奶酪**》。

他的名字叫马塞尔·鼠鲁斯特*。

他是一个相当特别的老鼠，不停地吃一种叫"鼠力奈"的饼干，他说这种饼干能使他回忆

---

*弗兰兹·鼠夫卡：人类世界有生于布拉格的作家法兰兹·卡夫卡（Franz Kafka），1883 年—1924 年，著有《变形记》

*马塞尔·鼠鲁斯特：人类世界有法国作家马塞尔·普鲁斯特（Marcel Proust），1871 年—1922 年，著有《追忆逝水年华》

起一些事情，自始自终，他都在讲啊讲啊……这本书还算有趣，不过实在太长了。

无论如何，即使我不出版它，就以那可观的书稿重量也总可以用作门垫。

之后进来的是一位矮小的老太太，名叫**阿加莎·鼠里斯蒂***，她带来一整套惊险系列小说要出版，我最喜欢的是《**东方快车杀鼠案**》。我向她解释说，斯蒂顿奖是专门为年轻作家而设

阿加莎·鼠克卡卡

马塞尔·鼠鲁斯特

---

* 阿加莎·鼠里斯蒂：人类世界有阿加莎·克里丝蒂(Agatha Christie)，1890 年—1976 年，她是英国当代最著名的侦探小说家，代表作有《东方快车谋杀案》《尼罗河上的惨案》等。

立。不过对于这位善良的老太太，我还是叫她留下书稿，并告诉她我会粗略看一下书稿。

世事难料啊……

接下来是一位异国装扮的老鼠，**罗宾德罗那特·鼠戈尔***。

他写了一些非常优美的诗歌。我最爱诗歌，你呢?

我正陶醉在他的一首诗里，这时我妹妹捧

阿加莎

罗宾德罗那特·鼠戈尔

* 罗宾德罗那特·鼠戈尔:人类世界有罗宾德罗那特·泰戈尔(Rabindinanath Tagore),1861 年—1941 年，他是印度著名诗人、艺术家。代表作品有《飞鸟集》《新月集》等。

着又一大堆稿件进来了。

"这些是给你的！别忘了今天下午六点钟你要主持'**奶酪与生命的意义**'的讲座，七点半有个'迎击猫噩梦'的会议！最后在八点四十五分还要出席**斯蒂顿奖**的颁奖仪式！明早八点在鼠伊顿学院＊主持另一场关于'**如何成为出版鼠**'的讲座！"

"顺便说一句，我告诉过你馅卷鼠打电话给我的事吗？"

"啊？"我茫然地问，"**吱吱**——他说了什么？"

菲大声说："他说他很内疚！莎莉骗了他，她对他说你们两个是童年好玩伴，她想跟你开个无伤大雅的玩笑。塔特列没有意识到给我们带来这么大的麻烦。他想亲自向你道歉，请求

＊鼠伊顿学院：人类世界有伊顿学院（Eton College），它是英国著名的贵族学校。

你原谅。他还请我们去看他下一场表演。看，这是他给我们的**免费**戏票！"

我听着菲的话，陷入沉思中。

菲又说："那么，你准备好了吗？你最好马上出发！"

就在这时，传来了敲门声。进来的是米奇·校错鼠，莎莉报社的校对员，他现在为《**鼠民公报**》工作。

他气喘吁吁地尖叫："斯蒂顿先生，这些是给你的稿件，成吨成吨的稿件！"

还有稿件？

我怎么可能全部审完呢？

我的秘书鼠用对讲机告诉我："斯蒂顿先生，您要的出租车到了！"

电话铃响了："斯蒂顿先生，我们期盼您明晚出席记者俱乐部的新闻发布会！不要让我们失望啊！"

哎呀，我已成为老鼠岛上的名流，大家都抢着要采访我呢！我不停地收到各种各样的请柬，邀请我出席讲座、颁奖仪式、商业招待会、酒宴……

麻烦的是，我分身乏术！

只有一个杰罗尼摩是远远不够的……

这时我瞥见自己的影像……

倒映在玻璃窗上。

　　咦？也许我可以同时出现在两个地方。何不求助于**另一位**"杰罗尼摩·斯蒂顿"呢？

　　吱吱——真是个绝妙的主意！

　　不过那又是另一个故事了……

妙鼠城

1 工业区
2 奶酪工厂
3 机场
4 广播电视塔
5 奶酪市场
6 鱼市场
7 市政厅
8 古堡
9 妙鼠岬
10 中央火车站
11 商业中心
12 影院
13 健身中心
14 音乐厅
15 唱歌石广场
16 剧场
17 大酒店
18 医院
19 植物园
20 跛脚跳蚤杂货店
   （赖皮的商店）
21 停车场
22 现代艺术博物馆
23 大学和图书馆

24 《老鼠日报》大楼
25 《鼠民公报》大楼
26 赖皮的家
27 时装区
28 餐馆
29 环境保护中心
30 海事处
31 圆形竞技场
32 高尔夫球场
33 游泳池
34 网球场
35 游乐场
36 杰罗尼摩的家
37 古玩市场
38 书店
39 船坞
40 菲的家
41 避风港
42 灯塔
43 自由鼠像
44 史奎克·爱管闲事鼠
   的办公室
45 生物农场
46 马克斯爷爷的家

老鼠岛

老鼠岛

1 大冰湖
2 毛结冰山
3 滑溜溜冰山
4 鼠皮疙瘩山
5 鼠基斯坦
6 鼠坦尼亚
7 吸血鬼山
8 铁板鼠火山
9 硫磺湖
10 猫止步关
11 醉酒峰
12 黑森林
13 吸血鬼谷
14 发冷山
15 黑影关
16 吝啬鼠城堡
17 自然保护公园
18 拉斯鼠维加斯海岸
19 化石森林
20 小鼠湖
21 中鼠湖
22 大鼠湖

23 切达干酪崖
24 肯尼猫城堡
25 巨杉山谷
26 梵提娜奶酪泉
27 硫磺沼泽
28 间歇泉
29 田鼠谷
30 疯鼠谷
31 蚊子沼泽
32 蒙斯特高地
33 鼠哈拉沙漠
34 喘气骆驼绿洲
35 笨蛋山
36 热带丛林
37 蚊子谷
38 克罗斯托罗港
39 老鼠港
40 臭气熏天港
41 烦鼠港
42 陶福特大学
43 妙鼠城
44 海盗帆船

《鼠民公报》大楼

1 正门
2 印刷部（印刷图书和报纸的地方）
3 财务部
4 编辑部（编辑、美术设计和绘图人员工作的地方）
5 杰罗尼摩·斯蒂顿的办公室
6 杰罗尼摩·斯蒂顿的藏书室

鼠迷欢乐会

亲爱的鼠迷朋友们！如果有一个长得和自己一模一样的家伙，以自己的名义成天惹是生非，那可怎么办？据权威心理学研究鼠士透露，除了发疯似地缉拿犯人，还有一种极大的可能就是：怀疑自己是谁。这太可怕了！做一个心理强大的人，首先需要更多的知识储备：

1. 依你之见，易容术到底是什么技术呢？

A. 化妆术　B. 整容术　C. 巫术

2. 下面哪种事物是一个普通演员在表演中会用到的呢？

A. 读心术　B. 催眠术　C. 隔空取物

3. 你觉得怎样做才是防止被他人欺骗的最好方法呢？

A. 强压正面的价值观　B. 全面了解骗术　C. 不和陌生人接触

4. "解放天性"这一概念是谁提出的呢？

A. 斯坦尼斯　B. 曹禺　C. 塞尚

5. 现代戏剧演员和传统戏剧演员的最大差别在哪里？

A. 现代演员不只在舞台上表演

B. 现代演员的长相要求高

C. 现代演员要求更自然地表演

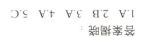

参考答案：
1A 2B 3A 4A 5C

原因是这样的

1. 通过化妆改变人的面部特征，就是易容术。在今天，易容已经不再是什么稀奇的事情了，它已经成为一门专门的技术，也被称为"塑型化装"，在电影行业中被广泛地应用。

2. "催眠术"实际上不像电影中那么神乎其神，它早已被运用到心理医学和戏剧表演领域。演员在表演中不断自我暗示，以找到角色表演诀窍，这其实就是自我催眠的一部分。

3. 熟悉骗术的人，通常对人的性格弱点非常了解。防止被人欺骗的最好方法就是强化正面的价值观，相信正当的行事准则。

4. 世界三大表演体系包括：斯坦尼斯、布莱希特、梅兰芳三大体系。解放天性正是斯坦尼斯提出的表演方法，它主张让演员更加主动、夸张地表演，用深情来感染观众。

5. 现在的演员和一百年前大不相同哟，他们比起自己的前辈"平民"多了，提倡自然的表演方式，而且在表演上也比过去更开放自由了。

★ 经过我们的评估，你这次冒险的表现是：

· **冒险大师**——全部正确？天哪别逗了！什么？你是……说真的？！请来一趟我的办公室，我们有必要详细谈谈。

· **冒险专家**——只答错了一题？嗯……像你这样的鼠，我们一般称为高知。请填写一下这张表格，对于文化鼠我们一贯敬重，很高兴认识你。

· **冒险勇士**——大部分都答对了是吗？不用多说，你刚来的时候我就有这种预感。从今天开始我们将共事，这是全新的开始。

· **冒险学徒**——我听说你大部分题目都没有答对？哈哈哈，我知道这一定是个误会，你的演技骗过了所有人，唯独骗不了我。周末我将去拜访你，没准我们能成为朋友。（希德尼·明星鼠）

老鼠记者 全球版

Geronimo Stilton

1 鼠胆神威

2 奥运金牌鼠

3 纽约奇遇

4 地铁幽灵

5 杰罗尼摩的欢乐假期

6 探险鼠独闯巴西

7 玩转疯鼠马拉松

8 蓝色迷城

9 小丑鼠的阴谋

10 雪地狂野之旅

11 金字塔的魔咒

12 沙漠壮鼠训练营

13 巧取空手道

14 绿宝石眼之谜

15 圣诞大变身

16 怪味火山的秘密

17 尼亚加拉瀑布之旅

18 天生派对狂

19 夺面双鼠

20 斯蒂顿奶酪迷案

21 我为鼠狂

22 真要命的旅行

23 特工鼠 00K

24 音乐海盗大追踪

25 非凡圣诞节

26 匪鼠猫怪

27 预言鼠的手稿

28 黑山寻宝

29 海盗猫暗偷鼠神像

30 吝啬鼠城堡

亲爱的鼠迷朋友，
下次再见！

杰罗尼摩·斯蒂顿